LA CHIENNE TEMPÊTE

L'auteur

Né dans le Jura en 1923, Bernard Clavel pratique de nombreux métiers avant de pouvoir se consacrer à l'écriture. Il a publié plus de quatre-vingts livres dont certains ont été vendus à des millions d'exemplaires et a obtenu de nombreux prix littéraires, notamment le Goncourt, en 1968, pour *Les fruits de l'hiver*. Bernard Clavel a épousé la romancière canadienne Josette Pratte. Il dit volontiers que le Québec lui a offert le bonheur et de nombreux romans dont les six tomes du « Royaume du Nord ». Lorsqu'il écrit pour la jeunesse, il raconte les histoires qu'il aurait aimé entendre lorsqu'il allait à l'école. Il a toujours eu une passion pour les animaux.

Du même auteur, en Pocket Jeunesse :

Wang chat-tigre
Akita
Jésus, le fils du charpentier

L'illustrateur

Christophe Rouil est né à Cherbourg en 1959. Dans ses illustrations, comme dans sa peinture, il aime représenter les histoires où les hommes, les bêtes et la nature parlent le même langage.

Bernard CLAVEL

La chienne Tempête

Illustrations de Christophe Rouil

Pour Igor Dollinger

Loi n° 49-956 du 16 juillet 1949 sur les publications destinées
à la jeunesse : janvier 1999.

© 1997, Bernard Clavel et Josette Pratte.
© 1999, éditions Pocket Jeunesse pour la présente édition.

ISBN 2-266-08504-2

PREMIÈRE PARTIE

AU PORT DE MONTRÉAL

CHAPITRE PREMIER

La chienne était allongée au pied d'un mur, dans une petite rue où il passait peu de voitures. Les maisons semblaient désertes. Le matin était gris et une pluie froide et serrée tombait d'un ciel invisible. La chienne tremblait. Elle ne savait plus depuis combien de temps elle n'avait rien mangé. Ou presque rien. Un rat maigre capturé à la gueule d'un égout, de minuscules morceaux de pain dur qu'une femme avait semés sur un trottoir pour les oiseaux. Pourtant la chienne ne voulait pas s'éloigner de cette rue où son maître l'avait fait descendre de sa voiture en disant :

— Débrouille-toi... Je peux pas te garder. On s'en va habiter dans un immeuble où les chiens ne sont pas admis... Qu'est-ce que tu veux que je fasse de toi ? Personne te veut...

T'es trop encombrante… Puis tu manges trop… Dans un appartement, tu mettrais des poils partout.

Et le maître était remonté dans son auto que la chienne avait vue disparaître à l'angle de la rue.

Depuis, elle attendait.

Deux journées interminables. Trois nuits encore plus longues à fixer cette extrémité de la rue où le maître finirait bien par reparaître. Des gens passaient. Certains lui parlaient, d'autres faisaient un détour, personne ne se penchait vers elle.

Puis, dans le milieu de la matinée, un garçon arriva. Il portait un grand sac d'où coulait une bonne odeur de pain chaud. La gueule de la chienne s'emplit de salive. Elle se leva et tendit son museau vers le sac. Le garçon se pencha vers elle et se mit à lui parler :

— Ben dis donc, tu n'as pas l'air en forme, toi… Tu trembles sur tes pattes. T'es maigre comme un pique-feu !… Ah, tu sens le pain ? Attends, m'en vais t'en donner un quignon !

Il ouvrit le sac, rompit un croûton qu'il tendit à la chienne. Elle le prit doucement, comme sa maîtresse lui avait enseigné à le faire, mais elle le dévora goulûment puis lécha le trottoir où quelques miettes étaient tombées.

Le garçon en cassa un autre morceau en disant :

— J'peux tout de même pas te donner tout le pain de l'équipage. Le capitaine me passerait un sacré savon, tu sais. C'est un brave homme, mais faut pas exagérer !

La chienne l'écoutait avec beaucoup d'attention. Ses oreilles étaient dressées et sa queue battait. Elle mangea encore puis, comme le garçon la caressait, elle lécha sa main.

— Tu m'as l'air d'une bonne bête... Est-ce que tu serais perdue ? T'as même pas de collier.

Il la caressa encore puis s'éloigna. La chienne hésita un instant, regarda le bout de la rue où la voiture de son maître avait disparu, puis, incapable de résister à l'odeur chaude qui suintait du grand sac, elle partit derrière le garçon.

Elle le suivit à quelques pas de distance. Il se retourna et s'arrêta.

— Je peux pas t'en donner plus... Je peux pas...

La voix était douce. Comme celle des maîtres. La main aussi était pleine d'amitié.

Et la chienne se demanda s'il pouvait exister plus de deux maîtres. Elle pensait au couple chez qui elle avait vécu pendant tant d'années. Elle regardait cet étranger et flairait du côté du sac.

— Si tu me suis jusqu'au bateau, peut-être que le cuistot aura un os à te refiler... On peut toujours essayer... Allez, viens ! Le cuistot, c'est mon pote !

Elle connaissait ce mot : viens. Sa queue se mit à battre plus vite et elle suivit le garçon. Bientôt, les odeurs changèrent. La chienne n'était jamais venue sur le port. Elle avait parfois longé la rive du Saint-Laurent au

cours d'une promenade, mais ici, tout était très différent. Un peu comme si l'eau du fleuve n'avait pas été la même. D'ailleurs, l'eau, on ne pouvait pas l'approcher. Elle se trouvait au pied d'un mur à pic. On la sentait, mais des odeurs d'essence, de métal et de choses inconnues s'y mêlaient.

Les bateaux aussi hauts que des maisons se trouvaient là, un peu effrayants. Des bruits énormes qui faisaient mal aux oreilles cognaient et roulaient. La chienne s'arrêta. Elle hésitait devant ce monde inconnu. Le garçon se retourna.

— Tu viens ?

Le mot avait pour elle quelque chose de magique. Elle suivit l'homme autant que l'odeur de pain chaud. Cependant, lorsqu'il posa le pied sur la première planche branlante de la petite passerelle qui permettait de grimper sur le bateau, elle s'arrêta encore.

Des grondements et des chocs assourdissants habitaient ce ventre de métal. Tout vibrait. Des chaînes grinçaient.

— T'as peur ? C'est rien, c'est la grue qui décharge... Allons, viens.

Il monta et la chienne l'imita. Une fois engagée, elle n'osa plus faire demi-tour. Et quand le jeune homme mit pied sur le bateau, elle sauta derrière lui, surprise par ce sol de métal où ses griffes glissaient avec un bruit désagréable. Là aussi les odeurs étaient étranges.

Elle avait à peine fait quelques pas sur les talons de son guide que deux hommes sortirent de la timonerie. Le premier était grand et mince, l'autre, plus petit, poussait devant lui un ventre rond. D'une grosse voix très basse, le premier demanda :

— Qu'est-ce que tu nous amènes là, Jean-Pierre ?

— C'est un chien perdu. Y crève de faim, capitaine. Si on avait un os…

L'autre s'était approché. Il se baissa et flatta la chienne d'une main rude mais qui connaissait les endroits où les caresses sont bonnes. Sa voix était grave aussi, mais enrouée avec de curieux aigus. Il se mit à rire :

— Ton clébard, c'est une femelle, mon petit gars. Et y doit y avoir pas mal de temps qu'elle a pas bouffé, on lui compte les côtes.

Le garçon avoua qu'il lui avait donné du pain en ajoutant :

— Mais, capitaine, ce sera à prendre sur ma part. À midi, je…

Le capitaine Bernon l'interrompit :

— On n'est pas comme ça. Mais ton clébard, y pourra pas rester à bord.

— Je sais, bredouilla Jean-Pierre… C'est dommage. C'est une bête de race.

Les deux hommes éclatèrent de rire et le plus petit, qui était maître de manœuvre et se nommait Paul Maupoi, lança :

— Tu parles, c'est certain ! C'est même une chienne de plusieurs races. Elle a du chien-loup, du bouvier des Flandres, du griffon vendéen et peut-être bien aussi quelque chose du fox à poil dur !

— Écoute-moi, mousse, fit le capitaine, elle est pure race comme tu es timonier. J'sais pas si tu piges ce que je veux dire ?

Jean-Pierre se mit à rire lui aussi. Il rêvait d'être timonier et même capitaine, mais il n'avait que seize ans et ne naviguait que depuis deux mois. Alors…

— Allez, va porter ton brignolet à la cuistance. Et demande à Berlingot de donner à cette bête de quoi se remplumer un peu !

Sur le *Cormoran*, cargo battant pavillon français, tout le monde appelait le cuisinier Berlingot, parce qu'il portait souvent de curieuses chemises à rayures qui le faisaient ressembler à un de ces gros bonbons torsadés roses, verts et jaunes qu'on vend sur les fêtes foraines. Il faut ajouter que cet homme, qui devait avoir une trentaine d'années, était rondouillard et un peu tordu, avec une épaule plus haute que l'autre, ce qui accentuait encore sa ressemblance avec la sucrerie dont il portait le nom.

Le mousse se hâta vers la cuisine, toujours suivi par la chienne qui rasait les cloisons, effrayée par tout ce qu'elle découvrait là.

Dès qu'il vit la bête, Berlingot se pencha vers elle et se mit à glapir :

— Qu'est-ce qu'elle est belle !... Mais Sainte Vierge Marie qu'elle est donc maigre, la pauvre !

Jean-Pierre raconta où il l'avait trouvée et, tout de suite, le cuisinier déclara :

— Faut la garder à bord. Ce sera notre mascotte. Elle nous portera chance. Attends, ma belle, m'en va te mitonner une soupe comme t'en as sûrement pas mangé souvent !

La soupe de Berlingot, tu m'en donneras des nouvelles !

Il se releva et porta le pain dans un coffre, à la cambuse. La chienne flairait partout.

Cette pièce longue et étroite était un paradis. Elle devait contenir des trésors dont les odeurs merveilleuses semblaient ruisseler de chaque recoin, sourdre du sol et des cloisons. Il y régnait une bonne chaleur.

Le cuisinier revint bientôt : il portait un énorme quartier de viande et un plat creux où luisait le reste du gros gâteau de riz au lait qu'il avait servi la veille au soir.

— Tu vas voir ça, ma vieille. J'peux te dire qu'y a bien des enfants dans notre foutu monde de merde qui sont pas nourris aussi bien. Avec Berlingot, ma belle, tu manqueras jamais de rien.

Il se mit à couper des petits morceaux de viande.

— C'est du filet premier choix, mademoiselle !

Il riait. Tout en mélangeant la viande avec le riz, il parlait de tous les chiens qu'il avait connus chez ses parents.

Il pétrit le tout à pleines mains en ajoutant une louche de bouillon chaud.

— Tu piges, mon gars, faut pas lui donner à becter glacé. La pauvre bête, elle a le ventre vide. Ça lui ferait du mal.

Et la chienne se mit à manger. Et c'était bon, cette viande tendre gorgée de sang et le riz sucré au goût de caramel. Elle lécha la casserole tant et tant que le cuisinier la lui retira en disant :

— Arrête, tu vas me l'user ! Mais je vais t'embaucher pour faire la plonge.

Et les grosses mains rouges qui sentaient si bon se mirent à fouiller le poil mouillé qui continuait de fumer à la bonne chaleur de la cuisinière.

CHAPITRE II

En dépit du vacarme des grues qui déchargeaient les marchandises et du va-et-vient des camions qui grondaient sur le quai, la chienne s'habitua assez vite au cargo. Avant de quitter le port de Montréal, le *Cormoran* devait charger à son bord une grande quantité de bois de charpente. Tout ce qui se passait dans la cale cognait, grondait, se répercutait dans tout le navire comme s'il eût porté en ses flancs un orage. Même du fond de la cuisine où elle se tenait, la chienne percevait tous ces bruits et tressaillait parfois.

Le matin, vers midi et le soir, le mousse la conduisait sur le quai où elle pouvait faire ses besoins. Quand il la voyait, le capitaine disait à Jean-Pierre :

— Attention, ne t'y attache pas trop. On ne peut pas l'emmener.

— Je sais, capitaine, mais tant qu'on est ici, elle mange à sa faim.

Deux jours avant l'appareillage, ce fut Paul Maupoi, le maître de manœuvre, qui vint dire à Jean-Pierre qu'il devait reconduire cette bête où il l'avait trouvée. Le garçon promit. Puis, prenant dans son bras la bonne grosse tête frisée de la chienne, avec des sanglots dans la voix, il murmura :

— T'es mon amie… c'est pas possible… c'est pas possible…

Berlingot s'accroupit près de lui. Il caressa la chienne qui semblait comprendre, saisit sa tête dans ses grosses mains puis, se tournant vers le mousse, il dit d'une curieuse voix qui tremblait un peu :

— On peut pas faire ça, mon petit gars… Ce serait une saloperie. Cette bête, elle dit rien. M'en vais la planquer au fond de la cambuse. Y a que moi qui y vais. Si elle gueule pas, personne s'en rendra compte.

— Et si le capitaine l'apprenait ?

— Ben, ma foi, on dira qu'elle est remontée à bord toute seule et qu'on l'a trouvée après avoir levé l'ancre… C'est un bon bougre… Y nous foutra pas à la mer pour autant.

Jean-Pierre en avait les larmes aux yeux. Il bredouilla :

— T'es un chic gars, tu sais… J'oublierai jamais.

Le cuisinier se mit à rire :

— C'est pas pour toi que je fais ça ! C'est que j'aime les bêtes… Pas plus malin que ça !

Et le mousse profita d'un moment où personne ne pouvait le voir pour quitter le bord.

Il se cacha sur le quai, derrière une pile de caisses, et attendit de voir le bosco[1] sur l'aileron de tribord pour remonter en se montrant bien.

— Alors, t'as largué ton clébard ? demanda le gros.

— Je l'ai menée dans la rue où j'l'avais trouvée. Dès qu'elle a été là-bas, elle a filé…

— Tu vois, elle était pas paumée. Elle a dû retrouver son patron ! Y va être tout étonné de la voir aussi grasse.

---

1. Le maître de manœuvre.

CHAPITRE III

Au fond de la cambuse, la chienne dormait. Un sommeil souvent troublé. Les bruits qui habitaient le cargo la réveillaient. Les tôles vibraient. Il y avait des grincements qui lui faisaient très mal aux oreilles et des chocs énormes qui ébranlaient tout le navire. Mais le cuisinier venait souvent la voir. Dès qu'il ouvrait la porte et allumait la lumière, la chienne se dressait, le fouet battant, l'œil attentif. Elle sentait bien que cet homme-là ne lui ferait jamais aucun mal, mais un reste de peur demeurait en elle.

Berlingot lui avait donné un gros os de bœuf qu'elle se mettait à ronger dès qu'elle se réveillait. Il avait plié en quatre une grosse couverture de laine qui faisait un bon lit. À travers cette épaisseur, elle sentait un peu

moins le ronflement continu des moteurs et les bruits du labeur. Chaque fois que son travail le lui permettait, le mousse venait la voir.
Berlingot disait :

— Faut pas l'emmerder trop souvent, faut la laisser roupiller. C'est une bête qui a enduré.

— Seulement, faut qu'elle puisse faire ses besoins.

— J'y ai pensé... Ça m'inquiète. J'ai envie d'en parler à Gramain. C'est un bon gars. J'sais qu'il aime beaucoup les bêtes. Et lui, y peut mieux que nous descendre à terre. Il aura peut-être une idée.

— T'es certain qu'y va pas nous dire de la débarquer ?

— Pas Gramain. C'est un bon bougre, je te jure.

Jean-Pierre était inquiet, mais il fallait trouver une solution. Il profita donc d'un moment où le timonier se trouvait seul pour lui dire que le cuisinier voulait le voir.

Gramain était une espèce d'ours. Il mesurait pas loin de deux mètres et devait bien peser dans les cent vingt kilos. Il avait de

grosses pattes velues et un crâne chauve très luisant, ce qui faisait dire à Berlingot que ses cheveux lui étaient tombés sur les mains un jour de pluie. Il avait un visage lourd, avec des paupières qu'il semblait avoir du mal à ouvrir sur de petits yeux bruns au regard pourtant très vif. Sa voix douce contrastait avec sa stature.

Le mousse l'accompagna à la cuisine où Berlingot les fit entrer en disant à Jean-Pierre :

— Referme la lourde.

L'ours avait l'air d'un fauve pris au piège. Il les regarda tous les deux :

— Qu'est-ce que vous me voulez, les deux arsouilles ?

— On veut savoir si t'es capable de fermer ta gueule, fit Berlingot.

— Ça dépend pour quoi.

— Un secret.

— Si c'est de la drogue que vous avez montée à bord, pas question !

— C'est pire que de la blanche.

— Quoi ?

Le cuisinier hésita quelques instants et, dans le silence qui suivit, on entendit gratter à la porte de la cambuse.

— Bordel ! jura le colosse. Qu'est-ce que vous planquez là-dedans ?

— Une copine, fit Berlingot en ouvrant la porte.

La chienne apparut. Elle s'avança lentement, flairant cet inconnu. Le timonier se baissa et son énorme main se posa sur la tête de la bête dont la queue se mit instantanément à remuer.

— Ben vous voyez, elle reconnaît tout de suite ses potes. Elle se dit : ce gros-là, y me fera pas de mal.

Il se mit à rire et la chienne lui lécha le visage.

— C'est une bonne bête que vous avez là. Mais je sais pas si le Pacha sera content de la trouver à bord.

— Justement, on veut la garder. Une fois au large, y nous la fera pas balancer. Seulement, on a un problème. Cette bête, faut qu'elle pisse.

Le timonier s'était redressé. Il passa sa grosse main sur son crâne et fit une grimace qui plissa tout son visage. La chienne se dressa sur ses pattes de derrière pour lui lécher la main.

— Toi, tu m'as vraiment à la bonne !
Son visage se détendit soudain et s'éclaira.
— J'ai trouvé !
— Quoi ?
— T'as bien une caisse pas trop haute ?
— Tu parles, ça se trouve.
— Faut y foutre de la terre.
— Ben oui.
— M'en vais t'en monter quelques sacs.
— Comment ?
— T'inquiète pas. Fais confiance à l'énorme.

Il se mit à glousser, comme heureux de jouer un bon tour. Il les regarda tous les trois avant d'ajouter :

— C'est pas la peine d'être costaud si on se sert pas de sa force. On a encore deux jours ici, je m'en vais vous monter une provision de terre du Québec pour toute la traversée.

Il caressa encore la chienne, entra dans la cambuse derrière le cuisinier et en sortit avec, sous son bras, un sac à sucre vide roulé et ficelé.

— M'en vais y aller tout de suite. Préparez une caisse et dénichez-moi d'autres sacs et de la ficelle.

Il sortit après avoir glissé le sac sous sa vareuse. Jean-Pierre dut retenir la chienne qui voulait le suivre. Dès que Gramain eut disparu, il la lâcha. Elle se précipita contre la porte en pleurant.

— Tonnerre de Brest ! lança le cuisinier. Tu parles d'une ingrate. Même pas la reconnaissance du ventre, cette bête-là ! Qu'est-ce qu'il lui a donc fait, cet ours mal léché ?

Jean-Pierre riait. Il caressa la chienne et dit doucement :

— Avec lui, elle sait qu'on est sauvés !

DEUXIÈME PARTIE

EN DESCENDANT LE SAINT-LAURENT

CHAPITRE IV

Durant les deux jours suivants, le costaud fit tout son possible pour monter à bord du bateau assez de terre pour que le cuisinier puisse tenir propre la caisse de la chienne. Elle avait très vite pris l'habitude d'aller y faire ses besoins.

— Ça fait déjà pas mal, approuva Berlingot. Mais pour la traversée, ça risque d'être juste.

— À Québec, on complète le chargement. Durant les deux jours où le bateau restera à quai, on devrait pouvoir en monter encore, promit le timonier.

— Et moi, proposa le mousse, je descendrai la chienne. Ça lui fera du bien et ce qu'elle laissera en bas, ce sera toujours autant de gagné.

Le *Cormoran* leva l'ancre et largua les amarres à la fin d'octobre pour entreprendre la descente du Saint-Laurent. L'été indien était déjà bien avancé, mais les rives flamboyaient encore. Le mousse regardait, émerveillé. Quand il regagnait la cambuse après avoir passé des heures sur le pont, il ne pouvait s'empêcher d'aller se confier à sa chienne.

— Tu peux dire que t'as un sacré beau pays, ma vieille ! Dommage que tu puisses pas voir. Je te jure que ça vaut le coup.

Le cuisinier rigolait :

— Tu parles si elle s'en balance, des arbres rouges. Elle préfère sa galetouse[1] bien pleine. N'est-ce pas, la belle, que t'aimes mieux la soupe à ton oncle Berlingot que le paysage ?

La bête les regardait en silence et chacun lisait dans ses yeux doux la réponse qu'il espérait. Et tous les deux s'émerveillaient :

— Tu vois, elle est d'accord !

1. Sa gamelle en argot.

Le *Cormoran* passa au large de Longueil, de Sorel, puis il traversa le lac Saint-Pierre dont les rives se devinaient à peine dans une brume légère et très lumineuse.

À Québec, le pilote débarqua. Durant tout ce trajet, la chienne n'avait pas bronché. Elle semblait s'habituer sans trop de difficulté au grondement des gros moteurs diesel qui faisaient vibrer le navire.

Le mousse était impressionné par cette ville qui escaladait une pente raide pour aboutir à un énorme château.

— Le château Frontenac, lui apprit le cuisinier. Te figure pas qu'il est bourré de chevaliers en armure, c'est un hôtel. Pas pour des purotins[1] comme nous. Y'a que des mecs pleins aux as qui pieutent là !

Le chargement commença et se prolongea jusqu'au crépuscule. Dès que les grues cessèrent leur travail, Berlingot s'en alla, l'air de rien, respirer sur le pont. Il revint presque tout de suite :

— Magne-toi le train, p'tit gars. Personne en vue. Tu descends en vitesse avec ton

1. Miséreux en argot.

clébard, fonce jusqu'au premier hangar et, une fois derrière, tu la laisses se dégourdir les pattes une bonne demi-heure. Au retour, tu bigles un coup avant de remonter. Je sortirai secouer un torchon. Ça voudra dire que c'est bon.

Le mousse débexula la passerelle et la chienne ne se fit pas prier pour lui emboîter le pas. Ils traversèrent à toute allure les quais pour ne s'arrêter qu'après avoir passé l'angle d'une longue bâtisse.

La chienne, qui croyait à un jeu, avait couru plus vite que lui et l'accueillit en bondissant et en aboyant.

— Tais-toi, malheureuse, tu vas nous faire repérer. Allez, viens plus loin.

La nuit approchait. Des lampes assez lointaines éclairaient mal cet univers où des rails luisaient dans la pénombre tandis que les grues levaient vers le ciel encore rouge leurs longs bras maigres.

Jean-Pierre venait de contourner une petite baraque en tôle quand la chienne qui le précédait de quelques foulées tomba en arrêt, nez à nez avec un chien plus petit qu'elle, au pelage crépu noir taché de blanc.

— Ah non ! Vous allez pas vous battre !

En effet, les deux bêtes n'avaient pas la moindre envie de mordre. Remuant la queue et frétillant, elles se mirent bientôt à folâtrer. Puis, comme l'inconnu partait à fond de train, l'autre bondit sur sa trace.

— Viens ! Viens ici !

Mais le pauvre mousse eut beau s'égosiller, les deux bêtes avaient déjà disparu dans l'ombre d'énormes

piles de bois de charpente. Il se mit à courir en grognant :

— Tu vas nous faire manquer le signal !

Il courait le plus vite possible, mais la nuit tombait très rapidement et il dut bientôt ralentir l'allure de peur des obstacles que l'ombre lui cachait. Il allait arriver dans une zone un peu mieux éclairée lorsqu'il vit les deux chiens revenir, toujours jouant, et obliquer vers une sorte de petit pont en planches jeté sur une tranchée en chantier. Le noir et blanc fonça, l'autre le suivit, mais en ralentissant un peu, si bien que Jean-Pierre atteignit le pont alors qu'elle se trouvait encore dessus. Croyant qu'il allait pouvoir l'attraper, il allongea la foulée. Mit un pied sur le bord d'une planche qui bascula. Il eut juste le temps de voir que la chienne tombait aussi, puis ce fut le noir. Tête la première, il venait de s'assommer au fond de la tranchée.

Beaucoup plus souple que son maître, la chienne avait roulé avec lui dans le fond du trou, mais s'était relevée tout de suite en s'ébrouant. Elle demeura quelques instants à se demander ce qui lui était arrivé, flaira la planche qui avait atterri, elle aussi, au fond de la tranchée, se lécha un peu pour se nettoyer, puis s'approcha du mousse qui ne donnait toujours aucun signe de vie.

Elle flaira son visage, son corps, ses membres et commença par lui lécher une main. Comme il ne remuait toujours pas, elle s'enhardit à lui lécher le visage. La peau était chaude, mais sans vie. Sur le front, une grosse bosse perdait un peu de sang.

La brave bête regardait vers le haut de la tranchée. Le peu de clarté qui coulait jusque-là lui permettait de voir que les parois de terre étaient très hautes et lisses. Elle alla en faire le tour pour les flairer toutes, mais rien ne semblait pouvoir lui permettre de sortir de là. Après un moment, elle revint vers Jean-Pierre, lui lécha encore le visage et, comme il ne remuait toujours pas, elle se décida à mordiller doucement son oreille.

Le garçon fit aller sa tête de droite à gauche comme pour dire non, puis, après quelques instants, il ouvrit les yeux.

— Ben… Ben… Qu'est-ce que c'est ?

La chienne frétilla et le lécha de nouveau.

— C'est toi ? Mais où on est ?

Se soulevant sur un coude, il regarda le ciel, les lueurs des lampes que le vent balançait.

— Ça alors !

Avec un effort qui lui arracha quelques énormes soupirs, il réussit à se mettre à quatre pattes. Il respira un moment, puis parvint à se lever. Sa tête tournait un peu et il dut s'adosser à la paroi de terre.

En étirant les bras et en se haussant sur la pointe des pieds, il put atteindre le haut de la tranchée. Très vite, il comprit qu'il ne parviendrait jamais à se hisser.

Soudain, le garçon fut pris d'une grande envie de pleurer. Lui qui se croyait un homme depuis qu'il avait embarqué, se sentait à présent plus faible qu'un enfant de quatre ans. À une vitesse vertigineuse, il vit passer des images qui se chevauchaient : le cargo partant sans lui, le capitaine en colère parlant à ses parents de leur voyou de fils, le cuisinier persuadé que son ami l'avait trahi. C'est alors que surgissaient des policiers de Québec qui le jetaient en prison et emportaient la chienne.

La malheureuse était assise devant lui et le regardait. Pris de colère, Jean-Pierre cria :

— C'est ta faute... Si tu t'étais pas sauvée... Qu'est-ce qu'on va faire à présent ? Qu'est-ce qu'on va devenir ?

De grosses larmes qu'il ne parvenait plus à retenir coulèrent sur ses joues. La chienne hésita un instant, puis, se dressant, elle posa ses pattes contre lui.

— Tu mériterais que je t...

Mais non. S'inclinant, il prit cette tête dans ses bras et la serra fort contre sa joue :

— Si t'étais un chat, tu pourrais sauter.

Il demeura un moment indécis, puis, refoulant son chagrin, il lança :

— Mille tonnerres de Brest ! Un bon marin, ça se laisse pas abattre comme ça !

Il réfléchit en regardant la tranchée et la planche tombée avec lui.

— Si seulement je pouvais monter dessus.

Il la souleva et tenta de la dresser en pente, mais il lui fut impossible d'en poser l'extrémité sur le bord. Ce qu'il pouvait arriver à faire, c'était la coincer de manière que l'extrémité se trouve à peu près à mi-hauteur. Il le fit et, regardant la chienne, il dit :

— Je dois pouvoir te sortir. T'es lourde, mais je suis costaud. Une fois en haut, tu cours chercher de l'aide.

La bête le regardait en inclinant la tête. Elle semblait boire ses paroles.

— On essaie ?

Il eut la certitude que son amie lui répondait oui, d'un signe de tête.

— Allez, faut pas traîner.

Il se baissa, empoigna la chienne sous la poitrine et le ventre et se redressa. Elle était lourde, mais moins qu'il ne l'avait redouté. Avec une grande prudence, il se mit à monter sur la planche. Heureusement, le bois était très rugueux. Il se trouvait à peu près à mi-hauteur quand il sentit que la planche glissait. Il serra les dents sur sa rage et sauta dans la boue où il lâcha son fardeau.

— J'aurais dû la caler mieux que ça.

Sans se décourager, mais pestant contre le fait qu'il n'y avait même pas une pioche dans cette tranchée, à grands coups de talons, il creusa de manière à coincer le bas de sa passerelle improvisée. Il eut la chance de déterrer deux grosses pierres qu'il utilisa aussi pour caler.

— Ça devrait tenir… Allez, viens !

Docile, la chienne se laissa empoigner à nouveau et le mousse, très doucement, en évitant toute secousse, remonta. Cette fois, il arriva en haut. Il leva la tête. Respira profondément, ramassa toutes ses forces et lança son fardeau.

Ce fut vraiment de justesse. Les pattes de devant et plus de la moitié du corps de la brave bête étaient en haut. Très vite, elle réussit à poser sa patte arrière gauche, se coucha sur le flanc et parvint à poser la patte droite.

— Bravo, ma belle. Tu y es ! T'es fortiche, tu sais !

Le mousse essaya bien de s'agripper pour grimper à son tour, mais la terre trop meuble n'offrait de prise ni à ses mains ni à ses pieds. Il comprit qu'il risquait une nouvelle chute.

— Tu vas au bateau !

La chienne le regardait, l'air étonné qu'il ne puisse la rejoindre. Elle s'était assise et tranquillement, se grattait derrière l'oreille.

— Va voir Berlingot ! Tu sais : manger ! La soupe… les os… Allez, va ! Va vite !

Ayant fini de se gratter, elle se mit à lécher la boue collée à ses poils.

— Allez, va ! Va au bateau ! Mais c'est pas vrai, tu piges rien !

Elle cessa de se lécher. Le contempla encore quelques instants, puis, comme fouaillée[1] par des ronces, elle déguerpit soudain et disparut.

1. Fouettée.

CHAPITRE V

La chienne fila aussitôt en direction du quai. Elle allait en rasant les murs des entrepôts à marchandises d'où ruisselaient des odeurs inconnues. Pas question de s'attarder à flairer. Un chat bondit devant elle et déguerpit vers d'autres bâtiments. Son instinct la poussa à le poursuivre, mais elle résista en pensant à son maître dans le fond du trou. Plus loin, ce fut un rat énorme qu'elle eut envie d'attraper, mais là encore elle trouva la force de continuer droit vers le cargo.

Quand elle y parvint, la marée avait monté. Le bateau dominait le quai de très haut et la passerelle avait été remontée. Dans la clarté qui sourdait de plusieurs hublots, elle vit filer de minuscules flocons de neige que le vent du nord emportait très vite.

Plus de lumière dans la timonerie. Pas âme qui vive sur le pont. Rien ! Rien que le grondement à peine perceptible du moteur tournant au ralenti pour fournir de l'électricité au *Cormoran*.

Un long moment, la chienne demeura à fixer les hublots éclairés. La neige, bientôt, se mit à tomber plus dru, toujours poussée par un vent rageur.

Bien du temps passa, puis une porte s'ouvrit. Une clarté grandit et une forme se dessina en ombres chinoises. Tout de suite, elle reconnut celui qui lui donnait à manger. Comme il se penchait sur le bastingage, elle lança un tout petit aboiement plaintif.

— C'est toi ? Tais-toi… J'y vais !

La silhouette disparut et le temps se figea de nouveau. La chienne n'osait plus aboyer. Sur le bateau, elle avait compris qu'il ne fallait jamais lancer le moindre appel. Seuls les hommes avaient le droit de faire du bruit.

La lueur s'ouvrit de nouveau et la masse énorme de Gramain parut à côté de Berlingot. Tous deux se penchèrent. Aussitôt la chienne donna un tout petit coup de voix. À peine ce qui était nécessaire. Le colosse grogna :

— Ça va... On arrive !

La porte se referma et c'est tout juste si la chienne put voir les deux hommes se déplacer. Les poulies couinèrent un peu. Très lentement, la passerelle descendit le long de la coque. Heureusement, le vent en tempête menait grand tapage. Des tôles mal clouées sur le hangar le plus proche battaient sans cesse. Des filins claquaient contre des mâts. Une voix lança :

— Allez, monte !

Mais la chienne demeurait sur le quai. Le mousse n'était pas avec elle. Elle ne monterait pas à bord sans lui.

Au fond de son trou, le mousse grelottait. Les efforts qu'il avait déployés pour mettre en place cette lourde planche puis pour hisser la chienne, l'avaient fait transpirer. À présent, les gifles de vent qui tombaient sur lui le faisaient frissonner. Une violente douleur lui tenait la tête comme dans un étau. Il palpait la bosse de son front avec l'impression qu'elle continuait de grossir.

Depuis combien de temps était-il prisonnier ? Une éternité. La chienne avait dû

retrouver son compagnon de jeux et partir avec lui… Qui aurait l'idée de venir le chercher ici ? La neige qui tombait lui picotait le visage.

— S'il pouvait en tomber assez pour combler cette sacrée tranchée, au moins, je sortirais ! Et si le bateau partait ! Avec la neige, les ouvriers du chantier risquent de ne pas venir. Et si je ne rentre pas avant le réveil du capitaine, est-ce qu'il me reprendra à bord ? A-t-il le droit de m'abandonner ici ? S'il m'abandonne, tant pis… Je partirai dans le Nord et je me ferai chercheur d'or… Et la chienne, que va-t-elle devenir ?

Tout se bousculait dans sa tête. L'image de sa mère en larmes. Celle de son père au comble de la colère.

— Mais si je rentre dans un an ou deux, riche comme Crésus, ils seront drôlement contents ! La chienne, si je la retrouve, elle m'aidera. Elle doit pouvoir tirer un traîneau. Mais un traîneau, faut avoir de quoi en acheter un…

Sa tête était prête à éclater. Il grelottait de plus en plus, pourtant il lui semblait qu'il ne sentait pas le froid. Est-ce qu'un chercheur d'or sent le froid ?

La neige tombait toujours plus serrée et Jean-Pierre, qui était né et avait vécu près de Bordeaux, était à la fois effrayé et émerveillé de voir pareille tempête à la fin du mois d'octobre.

Il finit par se blottir sous la planche inclinée, persuadé que la chienne était partie galvauder et que personne n'aurait idée de le chercher là.

— Au jour, il viendra bien quelqu'un dans ces entrepôts. Je gueulerai. On me sortira. Si le *Cormoran* est parti, je trouverai du travail sur le port. Ce sera le début de ma grande aventure.

Bercé par ce rêve, il finit par s'endormir sous sa planche. Il était transi mais tellement fatigué que son corps lui semblait flotter dans une eau tiède.

Aussitôt sur le quai, Gramain et Berlingot se mirent à chercher Jean-Pierre.

— Bonsoir, mais où il est, cet animal ?

— Y doit avoir peur de se faire repérer avec son clébard.

— Mais la chienne, elle est là.

— Oui… J'y pige rien.

Le cuistot se pencha vers la brave bête qu'il caressa en demandant :

— Où il est ton maître ? Hein ? Où il est planqué ?

Elle gémit et partit en direction du premier entrepôt.

— Faut la suivre, dit Gramain.

— Et si quelqu'un remonte la passerelle ?

— T'as raison. Reste ici. J'y vais tout seul.

Le cuisinier se plaça le plus près possible de la coque du bateau pour être un peu à l'abri du nordet[1]. Et le colosse partit au petit trot derrière l'animal. La neige commençait à tenir. Le vent la poussait et des congères s'amorçaient partout où se dressait un obstacle. Le marin soufflait et grognait :

— Pas si vite, sacrebleu, j'suis pas une gazelle, moi !

La chienne s'arrêtait, se retournant pour l'attendre et semblait très étonnée de sa lenteur. À plusieurs reprises, il glissa et manqua s'étaler.

— Mais qu'est-ce qu'il est allé foutre là, ce garnement ? Tout ce qu'il mérite, c'est une

---

1. Vent soufflant du nord-est.

fessée ! Seulement dans quel état je vais le trouver ?

Après plusieurs détours, la chienne s'arrêta devant la tranchée où le timonier la rejoignit.

— Alors ?

Elle regardait vers le fond de ce trou.

— Il est tout de même pas là-dedans ?

La chienne gémit. Elle flairait vers le fond.

— Jean-Pierre ! Es-tu là ?

Le marin appela plus fort et une planche inclinée fut soudain secouée. La neige qui la recouvrait tomba. Le mousse réveillé en sursaut venait de se dresser et s'était cogné la tête. Sa voix encore lourde de sommeil monta :

— Où on est ? On est arrivés ? Dans le Grand Nord ? Au Klondike ? Et de l'or, est-ce qu'il y en a ?

Le timonier leva les yeux au ciel d'où les flocons tombaient de plus en plus serrés.

— Bonne Sainte Mère, fit-il d'une voix éplorée, il est tombé sur la tête… Complètement maboule !

Péniblement, le mousse sortit de dessous la planche et se mit debout.

— Lève les bras, cria le colosse.

Sans réfléchir, encore tout englué de son rêve, Jean-Pierre leva les bras. L'autre qui s'était agenouillé dans la neige lui saisit les poignets dans ses énormes pattes et l'enleva comme une plume pour le déposer à côté de la chienne qui bondit en aboyant. Inquiet, le timonier le secoua en demandant :

— Ça va pas ?

— Ça va... Je m'étais endormi... Je me croyais dans le Grand Nord, à chercher de l'or...

— Merde alors ! Et nous qui te cherchons partout. Tu serais mon fils, je te jure que tu prendrais une raclée dont tu te souviendrais !

— Mais je vais t'expliquer...

— Ah non ! Pas de baratin. Amène-toi. Le pauvre Berlingot va être changé en bonhomme de neige. S'il a pas pris la crève, ce sera pas de ta faute. Sacripant !

Empoignant le mousse par le bras, il l'obligea à courir à côté de lui. Sa force était telle que c'est à peine si les pieds de Jean-Pierre frôlaient la couche de neige de plus en plus épaisse. La chienne, heureuse d'avoir retrouvé son jeune maître, gambadait autour d'eux.

— Celle-là, grognait le colosse, le jour où tu l'as ramenée, tu peux dire que t'as gagné le gros lot.

À bout de souffle, le garçon parvint pourtant à répondre :

— C'est tout de même elle qui t'a conduit à la tranchée.

— Dis donc, tu te fous
de ma fiole, sans elle,
tu y serais pas allé dans
ce foutu trou !

Les trois amis et la
chienne réussirent à
remonter à bord
sans réveiller
personne.

Aussitôt la passerelle remise en place, ils gagnèrent la cuisine où il faisait une bonne chaleur. Tandis que le timonier examinait le front du mousse et désinfectait sa plaie, Berlingot lui prépara un bol de soupe bien chaude et une belle omelette. Il donna aussi à manger à la chienne. Gramain ne cessait de grogner :

— On aurait dû t'y laisser dans ton trou ! Quand je pense au mouron qu'on s'est fait

alors que cet oiseau-là roupillait en se figurant qu'il partait faire fortune au Klondike ! Je te jure, faut de la patience pour pas le balancer par-dessus bord avec sa bestiole !

Le mousse savait que le colosse était incapable de lui faire du mal. Il se mit à rire en répliquant :

— Si tu nous balançais, elle me sauverait. Et tu serais obligé de venir nous aider à remonter sur le quai.

Cette nuit-là, Jean-Pierre ne rêva plus du Grand Nord. Assommé de fatigue, la tête douloureuse, il alla d'une traite jusqu'au matin où le cuisinier vint le réveiller en le secouant :

— On a dit au Pacha que tu t'es cogné la tête en tombant sur le pont, à cause de la neige. Tout de même, t'as du bol d'avoir des copains comme nous.

Le mousse ne répondit pas. L'émotion lui serrait la gorge, mais son regard parlait pour lui.

CHAPITRE VI

Vers le milieu de la matinée, le vent vira de bord et la neige se mua en pluie. Une pluie qui dura la journée et la nuit. Puis, le lendemain, quand le *Cormoran* appareilla, le ciel était de nouveau en fête. La chienne écoutait le grondement des moteurs. Elle s'y était habituée et même les appels de sirènes ne la faisaient plus sursauter. La nuit, lorsque c'était Gramain qui se trouvait de quart, le mousse ou le cuisinier la laissait sortir sur le pont. Elle voyait au loin défiler les lumières des rives du grand fleuve. Elle humait l'air frais chargé d'odeurs d'eau et de senteurs venues des forêts. Et Berlingot en profitait aussi pour nettoyer la caisse et jeter la terre souillée par-dessus bord.

Le cargo avait doublé la Malbaie et descendait vers Rivière-du-Loup quand la chienne se mit à pleurer. Elle commença par pousser des gémissements puis, bientôt, elle hurla à la mort. Le bosco, qui fut parmi les premiers à l'entendre, bondit à la cuisine.

— Mille dieux, hurla-t-il, vous avez gardé cette bête à bord !

Le cuisinier tentait en vain de faire taire la chienne et la tenait par le cou. Il bredouilla :

— On l'avait descendue… Elle a dû remonter toute seule… On l'a vue après l'appareillage…

Il ne put rien ajouter. L'empoignant par le col, le maître de manœuvre l'obligea à se relever. Le secouant, il lança :

— Te paye pas ma tronche, Berlingot ! Des idiots, je peux accepter, des menteurs, j'en veux pas.

Le cuisinier dut avouer.

— Jusqu'à présent, fit-il, elle avait pas bronché. Je sais pas ce qui lui passe par la tête.

— Tu le sais pas, eh bien, moi, je vais te le dire : j'ai déjà connu ça. C'est une bête qui sent venir la tempête. Je te fous mon billet qu'avant demain soir on essuie un coup de chien !

Ils se mirent à rire tous les deux et le bosco reconnut :

— Un coup de chien, c'est le cas de le dire ! Mais à présent, faut que je m'arrange avec le Pacha. Vous avez du bol que ce soit un bon gars. Y sont pas tous de cet acabit !

Comme il ouvrait, il surprit le mousse l'oreille collée à la porte.

— Dis donc, garnement, tu nous espionnes !

Jean-Pierre piqua un fard et bredouilla :
— Je… je… enfin…
— Entre, grogna le bosco. Ta chienne m'a l'air d'avoir avalé un baromètre. Mais à présent, tout le monde sait qu'elle est là. Alors, qu'est-ce qu'on va faire, hein ?… Tu n'en sais rien ! Ben, moi, je te dis que si j'étais le Pacha sur ce barlu [1], je te foutrais avec ton clébard dans une chaloupe et démerde-toi avec une paire de rames et un bidon d'eau douce !

Dès qu'il eut quitté la cuisine, Berlingot s'empressa de rassurer le garçon :
— Y dit ça parce qu'il est en rogne. Mais sois tranquille, il le ferait pas. C'est un bougon, mais c'est pas un mauvais bougre… Le Pacha…

Il fut interrompu par l'arrivée d'un matelot nommé Bénito. Un Méridional fort en gueule, noir de peau, de poil et de regard qui entra en braillant :
— Qu'est-ce que c'est que cette histoire ? Je suis de nuit, j'roupillais, j'suis réveillé par cette charogne.

1. Bateau.

Il s'avança pour donner un coup de pied à la chienne qui grogna en montrant les dents. Empoignant son rouleau à pâtisserie, le cuistot le brandit sous le nez du matelot :

— T'avise pas d'y toucher, Bénito, t'as beau avoir une grande gueule, tu m'fais pas

peur. Si cette chienne t'enlève pas une fesse, j'me charge de t'arranger le portrait !

L'autre sortit en maugréant et en parlant d'interdiction, de capitaine et de chien à la mer.

— C'est un pas franc, observa Berlingot. Faut s'en méfier, mon petit. Mais je te jure que tant que cette bête est avec moi, elle risque rien. Je me charge de la faire respecter.

Le mousse caressa la chienne avant de retourner à son travail car il devait finir de laver le gaillard d'avant. La chienne ne hurlait plus, mais gémissait encore comme si elle souffrait mille morts.

CHAPITRE VII

La chienne ne s'était pas trompée. Le *Cormoran* se trouvait au large de Sainte-Anne-des-Monts quand un nordet d'une extrême brutalité se leva soudain. Il venait droit de Sept-Îles et, sous sa morsure, le fleuve très large en cet endroit se hérissait, mêlant les clartés fauves du ciel aux ombres glauques de ses profondeurs. Sur la rive sud, les vagues battaient les rochers, elles giclaient plus haut que les murailles de soutènement des jardins et les embruns claquaient en pluie rageuse contre les façades et les fenêtres des maisons.

Sur le cargo, le capitaine ne quittait pas la passerelle et sa voix forte lançait des ordres :

— La barre six à gauche !

Et le timonier répondait calmement :

— La barre est six à gauche.

— La barre à zéro !

— La barre est à zéro.

— Ta chienne s'est arrêtée de gueuler, lança l'officier radio au mousse qui observait le fleuve d'un œil inquiet. C'était sa première tempête.

— C'est normal, intervint le bosco, elle a donné de la voix pour annoncer le coup de tabac. Une fois qu'il est là, elle s'en fout. Je suis certain qu'elle roupille.

— C'est vrai, reconnut Jean-Pierre, elle s'est endormie.

— Ce qu'il faut faire, dit le capitaine, faut la baptiser Tempête. Et ma foi, si elle est propre, on la gardera à bord.

Jean-Pierre était tellement heureux qu'il ne savait pas quoi dire pour remercier le capitaine.

Il bondit hors de la timonerie et dégringola jusqu'à la cuisine où il entra en criant :

— Berlingot, c'est formidable !

— Qu'est-ce qui t'arrive, t'es nommé amiral ?

— Non. Mieux que ça. Le Pacha vient de me dire que si

la chienne est propre, on pourra la garder à bord.

Le cuisinier ne sembla pas étonné du tout.

— Je te l'ai toujours dit : notre grand mât, c'est un tout brave homme. Des comme lui, t'en trouveras pas des cargaisons !

La chienne s'était levée. Elle s'étira et vint se planter devant le mousse qui s'accroupit pour la caresser. D'une voix pleine de tendresse, il dit :

— Tu sais, notre Pacha, y t'a baptisée, ma belle… Il a dit : faut l'appeler Tempête. Et sur la passerelle, tout le monde était d'accord… Tout le monde !

Le cuisinier s'approcha et tendit à la chienne un gros os où il restait pas mal de belle viande rouge.

— Tiens, fit-il, c'est pour toi, Tempête. Pour fêter ton baptême et la signature de ton engagement comme baromètre de première classe sur le *Cormoran*.

La chienne avait pris un air grave. Elle était tellement impressionnée qu'elle hésitait à saisir son os.

TROISIÈME PARTIE

COUP DE TABAC SUR L'ATLANTIQUE

CHAPITRE VIII

Ce grand coup de nordet ne dura qu'une journée et une nuit. Lorsque le *Cormoran* quitta le golfe du Saint-Laurent par le détroit de Cabot, en laissant le cap Breton sur tribord et Terre-Neuve par bâbord, les eaux étaient de nouveau calmes. Une forte houle soulevait lentement le cargo qui marchait à belle allure. La traversée en direction de Bordeaux s'annonçait excellente quand, au matin du troisième jour, la chienne Tempête, qui à présent se promenait librement sur le pont, se mit de nouveau à hurler à la mort. Et tout le monde de conclure :

— Un coup de tabac se prépare !

Par amitié pour Tempête, à bord du *Cormoran*, plus personne ne parlait de coup de chien. Plus personne, sauf Bénito, le Marseillais ennemi des chiens. Mais cette fois, il ne dit rien. Profitant d'un moment où nul autre membre de l'équipage n'était en vue, alors que la chienne passait à hauteur d'un sabord de décharge, il la poussa à la mer, se hâta de descendre dans l'entrepont et de disparaître.

Tempête lança un hurlement et tomba. La vague déplacée par la coque la poussa tout de suite au large. Par chance, l'officier radio, qui venait d'être relevé, sortait sur l'aileron tribord. Il la vit tout de suite et bondit vers la timonerie.

— La chienne à la mer !

Aussitôt, le capitaine cria dans le chalburn, qui permet de donner des ordres aux mécaniciens.

— Stoppez la machine !

Les moteurs cessèrent de battre pour ne plus bourdonner qu'au ralenti.

Le capitaine bondit sur l'aileron où il rejoignit le radio et le bosco qui dit :

— Faut abattre.

— Je sais, fit le capitaine en se retournant pour crier : Machine arrière toute ! La barre dix à gauche.

Les moteurs grondèrent de nouveau et la voix du timonier lança :

— La barre est dix à gauche.

— Stoppez la machine !

Une fois encore, les moteurs s'arrêtèrent tandis que le capitaine lançait :

— Faites mettre une chaloupe à la mer !

La chienne nageait ferme en direction du bateau, mais elle était déjà loin, les pattes battaient l'eau, sa tête se haussait et chaque vague la soulevait pour la plonger dans des creux où elle disparaissait.

Le mousse, le cuisinier et la plupart des hommes d'équipage s'étaient portés sur le pont d'où ils regardaient. Le mousse criait :

— Tempête... Tempête... On va te sauver... Je veux y aller !

Le bosco lui lança :

— Laisse faire ceux qui savent. Tu les gênerais !

Bénito se trouvait là, lui aussi. Il ne soufflait mot. À plusieurs reprises, Philippe Gramain lui lança un regard dur. Le bosco grogna :

— Un chien qui tombe tout seul à la mer, ça s'est jamais vu !... Jamais !

Le bossoir[1] était en parfait état et l'embarcation de sauvetage avec deux matelots et le second à bord eut vite pris la mer. Son petit moteur la mena rapidement vers la chienne qu'un marin empoigna et hissa à bord. Le retour et la remontée s'effectuèrent aussi promptement. Quand la chienne bondit sur le pont, presque tout l'équipage l'attendait. Elle sembla un peu perdue quelques instants, regarda le mousse et le cuisinier puis, flairant en direction des autres, elle n'eut pas un instant d'hésitation. Se ramassant sur ses pattes, elle bondit à la gorge de Bénito qui n'eut que le temps de se protéger avec son bras. La chienne le renversa sur le pont. Elle grondait. Le mousse et le cuisinier eurent toutes les peines du monde à lui arracher sa proie.

L'énorme Gramain se précipita sur Bénito, l'empoigna par le devant de sa vareuse et par son ceinturon puis le souleva au-dessus de sa tête en hurlant :

— Salaud, c'est toi qui l'as poussée !
— Non ! Non !
— Avoue ou je te balance à la flotte.

1. Appareil servant à soulever l'embarcation.

Il fit trois pas et secoua le Marseillais au-dessus de l'eau. D'une voix à peine audible, l'autre bredouilla :

— C'est moi… J'pouvais plus l'entendre.
— Demande pardon ou tu plonges !
— Pardon… Je le ferai plus… Je le jure.

Le colosse reposa sur le pont un homme plus mort que vif. Pâle et couvert d'une sueur qu'on devinait glacée.

CHAPITRE IX

Le gros temps annoncé par la chienne ne s'est pas fait attendre. Dès le lendemain soir, d'énormes nuées noires envahissent le ciel. Le vent qui les pousse du sud-ouest est encore dans les hauteurs, mais, d'un coup, il se laisse tomber sur l'océan qui se met à écumer de rage. De fortes vagues se lèvent et des masses d'eau terrifiantes déferlent sur le cargo qui tangue et roule. Le capitaine a tout de suite appelé à la barre le colosse Gramain qui est le meilleur timonier. Il faut épauler la vague. Savoir la prendre de manière que le navire souffre le moins possible.

La chienne est dans la timonerie.

Couchée dans un angle, elle ne dort pas, mais elle ne dit plus rien. Son œil brun suit les déplacements des hommes. Elle est attentive à tout mais on dirait qu'elle comprend qu'il se passe des événements graves et qu'elle doit veiller à ne gêner personne.

À présent, la pluie se mêle au vent. Des trombes d'eau glacée tombent du ciel invisible. Plus la moindre lueur. On ne voit pas à dix mètres et, soudain, la voix un peu angoissée du second lance :

— Radar en panne !

— Vous affolez pas, dit l'officier radio, on va réparer ça tout de suite !

Ils sont trois qui connaissent bien ces appareils et ils se mettent au travail. Le cargo

tangue et roule toujours autant, et réduire la vitesse serait le livrer à la colère de la lame.

— On marche en aveugles, grogne l'homme de barre. Une chance qu'on se trouve pas sur une route très encombrée.

Il épaule au flair, au juger.

Surtout pour lui donner le sentiment d'être utile, il a placé le mousse à tribord, le nez collé à la vitre ruisselante que battent les paquets de mer. Il lui a dit :

— Quand t'en vois arriver une énorme, tu gueules.

Soudain, la chienne se lève et file vers la porte bâbord qu'un homme vient d'ouvrir. Elle lui passe entre les jambes, l'homme crie :

— Viens ici !

Mais la bête ne s'arrête pas.

— Elle va être ramassée par une vague.

Le mousse se hâte mais le capitaine l'empoigne par le bras.

— Reste là ! Tonnerre de Brest !

— Ma chienne !

L'homme qui avait ouvert la porte et qui vient de sortir crie :

— Je la vois ! Venez m'aider ! Vite… Vite !

Trois hommes se précipitent. Ils voient tout de suite Tempête qui a saisi à pleine gueule le suroît d'un marin couché non loin d'un sabord, par où l'eau des vagues ruisselle en torrent. La chienne s'agrippe comme elle

peut mais ses pattes glissent sur le métal. Ils empoignent l'homme et le montent dans la timonerie. Il est tête nue et son front saigne. Tandis que le capitaine lui soulève le buste, le bosco, qui sait toujours où se trouvent les alcools forts, lui verse entre les dents une bonne rasade de vieux marc d'Arbois. Aussitôt l'homme s'ébroue.

— Alors, Marseillais, lance le bosco, tu voulais faire le plongeon !

L'autre se secoue encore et bredouille :

— Glissé… cogné la tête.

La chienne s'est couchée devant lui, le museau sur ses pattes.

— Est-ce que tu sais que c'est elle qui t'a sauvé la vie ?

Bénito porte sa main à son bras gauche et dit avec un demi-sourire :

— Je crois même qu'elle en a profité pour me pincer un peu fort.

On regarde le bras. Les dents ont percé la toile cirée et marqué le muscle.

— Sacré beau souvenir, fait le bosco en versant du marc sur la plaie. Mais tu peux la remercier.

L'homme tend une main qui tremble un peu. La chienne s'avance. Elle se laisse caresser puis elle lèche cette main.

La voix du radio lance :

— Y doit marcher, ton radar !

Et la grosse voix rassurée de l'homme de barre répond :

— Ça marche ! Merci !

À présent, un pansement au front et un autre au bras, Bénito est assis par terre dans l'angle où se tenait la chienne au moment où elle a entendu son appel. Elle est allée se coucher près de lui. Il semble que la mer se calme un peu. Comme le mousse se penche pour caresser Tempête, le Marseillais lui dit :

— Elle m'a sauvé juste à l'endroit où je l'avais poussée à la baille[1]... Bon Dieu, les bêtes, tout de même !

Il hésite avant d'ajouter d'une voix qui tremble un peu :

— Des fois, y en a qui valent mieux que nous...

1. Baille : eau, en argot.

Comme le mousse se relève, il entend Bénito qui murmure :

— Dès que je rentre à Marseille, m'en vais monter à Notre-Dame-de-la-Garde et je te jure que je trouverai pas un cierge assez gros pour la remercier !

Et le mousse se demande si Bénito pense à remercier Notre-Dame ou Tempête qui préférerait n'importe quel petit os au plus gros des cierges.

TABLE DES MATIÈRES

I. Au port de Montréal 5

II. En descendant le Saint-Laurent 39

III. Coup de tabac sur l'Atlantique 85

Pocket junior
plus de 150 romans à découvrir

Anibal
Anne Bragance

Quand ses parents lui annoncent qu'ils vont adopter un petit Péruvien, Edgar croit qu'ils blaguent. Mais Anibal débarque avec sa bouille désarmante, et peu à peu Edgar craque. À la fin de l'été, Edgar doit partir en pension. Être séparé d'Anibal ? Impossible. C'est la fugue.

Le secret du roi des serpents et autres contes
Jean-François Deniau

Sais-tu qu'on peut devenir roi en apprenant le langage des animaux ? Que le bonheur peut surgir à l'improviste par une nuit d'orage ? Et qu'il est tout à fait possible de battre le diable à une partie de poker ?

Un mari délicieux et autres contes
Jean-François Deniau

Une princesse grignotant son mari, ça n'existe pas, ça n'existe pas. Un garçon incapable de pleurer et une fille ne sachant pas rire, ça n'existe pas, ça n'existe pas. Des enfants tombés aux oubliettes, ça n'existe pas, ça n'existe pas. Et pourquoi pas ?

C'était juste après la guerre
Giorda

Pour la première fois, Jérôme quitte Marseille et ses parents. Il va passer deux mois de l'été 48 dans un petit village du Vercors. Il y découvre la campagne et rencontre un jeune Allemand, dont la présence suscite la haine des habitants. Peu à peu, Jérôme prend conscience des horreurs de la guerre mais il n'accepte pas l'esprit de vengeance.

Au nom de tous les miens
Martin Gray

Du ghetto de Varsovie au camp de Treblinka, face à la mort qui frappe tous les siens et qui le frôle si souvent, Martin sait que sa seule arme est sa vie. À dix-sept ans, il prend tous les risques, connaît les souffrances les plus terribles mais n'abandonne jamais.

Toufdepoil
La folle cavale de Toufdepoil
Claude Gutman

Sa maman partie, Bastien a dû apprendre à vivre seul avec son papa et Toufdepoil, son chien. Mais soudain tout est remis en question. Belle-Doche s'installe à la maison et déclare la guerre à Toufdepoil.

Pistolet-souvenir
Claude Gutman

Avec sa petite taille, ses vieux vêtements et ses piètres résultats scolaires, Petit-Pierre est devenu la brebis galeuse et le souffre-douleur de la 6ᵉ D. Mais le jour où il débarque dans la classe, le visage tuméfié, plus personne ne rit. Julien décide de l'aider.

Béquille
Peter Härtling

1945 à Vienne. Thomas erre seul au milieu des ruines de la ville. Dans le désordre général, il a perdu sa mère. Il rencontre un homme qui sautille sur une jambe et qui se fait appeler Béquille.

Joakim
Tormod Haugen

Joakim ne comprend pas pourquoi son père et sa mère chuchotent dans le noir. Il en a assez des secrets d'adultes, et quand son père part à l'hôpital, il a l'impression de ne plus exister. Joakim aimerait savoir ce qui se passe...

Plumes
Veronica Hazelhoff

Maya reproche à Nini, sa sœur jumelle, de parler tout le temps. Nini trouve insupportable que Maya puisse avoir les mêmes pensées qu'elle. Chacune est persuadée que l'autre est la plus aimée. La jalousie s'intensifie entre les jumelles lorsqu'elles rencontrent une jeune fille, dont l'amitié devient un enjeu. Réussiront-elles à s'accepter malgré leurs différences ?

Le cœur en bataille
Marie-Francine Hébert

Qui m'aime ? se demande Léa. Plus personne. Même pas elle. Et surtout pas les garçons. Elle se croit bien trop ordinaire pour séduire. Que vient alors faire Bruno, le plus beau garçon de la classe, dans tout ça ?

Je t'aime, je te hais...
Marie-Francine Hébert

Léa vole, le cœur en feu, vers son premier rendez-vous d'amour. Est-ce donc ça, tomber amoureuse ? Elle est folle de joie et en même temps elle a peur. Et si Bruno ne venait pas ? Et si elle n'était pas à la hauteur ?

Sauve qui peut l'amour
Marie-Francine Hébert

Depuis plusieurs semaines, Léa est amoureuse de Bruno. C'est le paradis ! Mais est-ce aussi simple que cela ? Et si Bruno ne l'aimait plus ? Avec la bande de sirènes qui tourne autour de lui, on ne sait jamais.

L'histoire d'Helen Keller
Lorena A. Hickok

Quel avenir peut avoir une petite fille de six ans, aveugle, sourde et muette ? Les parents d'Helen sont désespérés jusqu'au jour où Ann Sullivan arrive chez eux pour tenter d'aider Helen.

La bille magique
Minfong Ho

Dix ans après, Dara se souvient. Elle a douze ans. Avec sa famille, elle fuit son village natal au Cambodge, ravagé par la guerre. Réfugiée dans un camp à la frontière thaïlandaise, elle se lie d'amitié avec Jantu, une fille de son âge. Mais les combats se rapprochent. Il faut repartir.

La longue route d'une Zingarina
Sandra Jayat

Stellina, quinze ans, ne peut accepter le mariage arrangé que lui impose la coutume tzigane. Choisissant la liberté, elle quitte sa tribu, un matin à l'aube.

Laisse ton cœur s'ouvrir à la vie
John Lowry Lamb

À douze ans, Nick n'aime plus la compagnie des hommes. Il s'intéresse davantage aux esprits des Indiens et aux animaux, avec lesquels il dialogue. On le croit fou. Alors, le jour où il entend une voix monter d'une flaque d'eau, il comprend qu'il vaut mieux n'en parler à personne. C'est le début d'un dialogue intérieur qui va permettre à Nick de laisser, peu à peu, son cœur s'ouvrir à la vie.

Le matin est servi
Eric Malpass

Gaylord a sept ans. Il est le seul enfant dans une famille de huit grandes personnes. Les adultes ont tendance à l'oublier, mais lui, à sa façon, sait leur rappeler qu'il existe. S'il lui arrive de provoquer des grincements de dents et des pleurs, tout se termine heureusement avec le sourire.

A comme Voleur
Jean-Claude Mourlevat

À quatorze ans, Arthur se retrouve seul dans un appartement de HLM. Sa mère vient de partir, son père ne donne plus signe de vie depuis longtemps. Pour survivre, Arthur se fait voleur. Et par amour pour Florence, la fille à la jolie bouche qui tient une caisse au supermarché du coin, il imagine le plus beau projet de sa vie, un projet lumineux.

La balafre
Jean-Claude Mourlevat

Olivier, treize ans, vient d'emménager à La Goupil, un hameau perdu. Un soir, l'adolescent est attaqué par le chien des voisins qui se jette sur la grille avec une rage terrifiante. Ses parents pensent qu'il a rêvé, car la maison est abandonnée depuis des années. Olivier est le seul à croire à l'existence de l'animal, le seul à voir une petite fille jouer avec ce chien. Obsédé par ces apparitions fantomatiques, Olivier veut comprendre.

Sierra brûlante
Pierre Pelot

Qu'est-ce qui porte le plus loin un homme, le désir d'être libre ou celui de faire fortune ? Dans ce western romanesque, rien n'est jamais vraiment établi : ni la culpabilité de l'Indien qui vole un cheval pour sauver sa femme et son fils ni la motivation des cinq « loups » qui se lancent à sa poursuite : tous portent un masque que la « sierra brûlante » fera tomber.

Voler n'est pas jouer
Alison Prince

Kelly a treize ans, une amie, Angie, à qui tout réussit, une famille qu'elle adore, un grand-père en or. Et aussi un gros secret dont elle ne parle à personne. La venue en classe d'un écrivain va réveiller son passé.

Alice entre deux eaux
Phyllis Reynolds Naylor

Difficile d'avoir treize ans, l'âge où l'on n'est plus une petite fille et pas tout à fait une adulte, l'âge où l'on nage entre deux eaux. Alice navigue à vue entourée par son coquin de grand frère et son adorable père. Et, avec ses deux meilleures amies, elle refait le monde en attendant impatiemment de devenir une vraie beauté fatale !

Des livres plein les poches Des histoires plein la tête

Composition : Francisco *Compo*
61290 Longny-au-Perche

Achevé d'imprimer en décembre 1998
par Maury-Eurolivres S.A.
45300 Manchecourt

Dépôt légal : janvier 1999.

 12, avenue d'Italie • 75627 PARIS Cedex 13
Tél. : 01.44.16.05.00